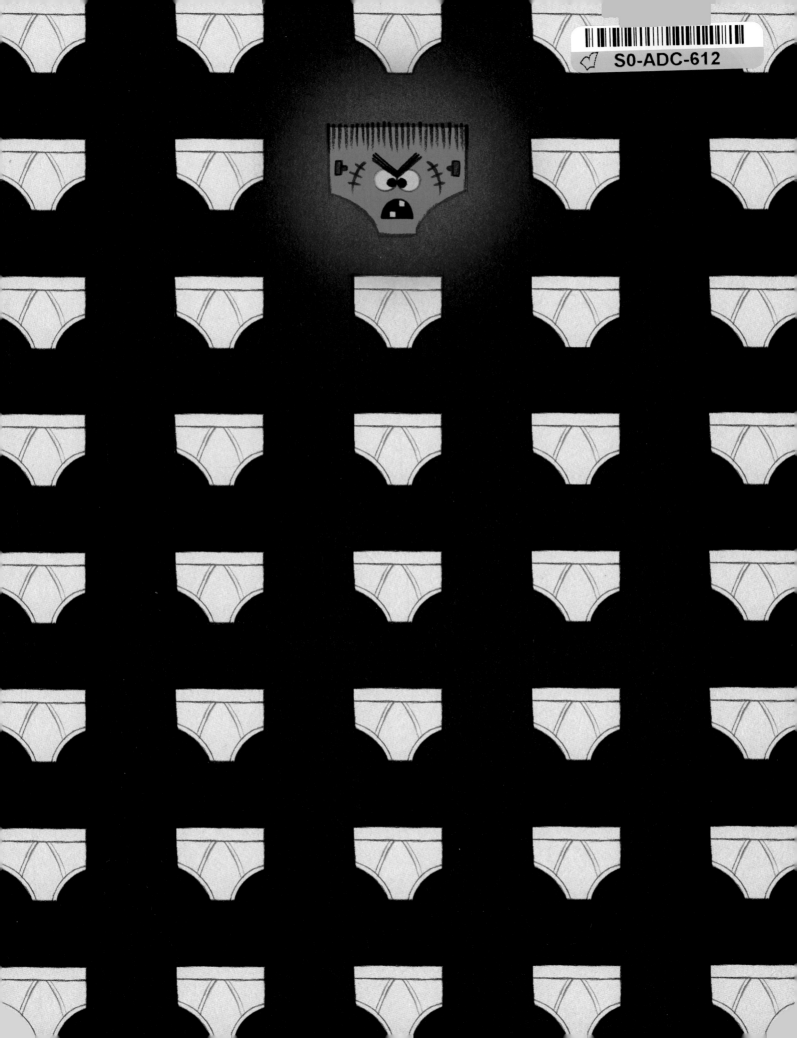

오싹오싹

글
에런 레이놀즈

그림
피터 브라운

옮김
홍연미

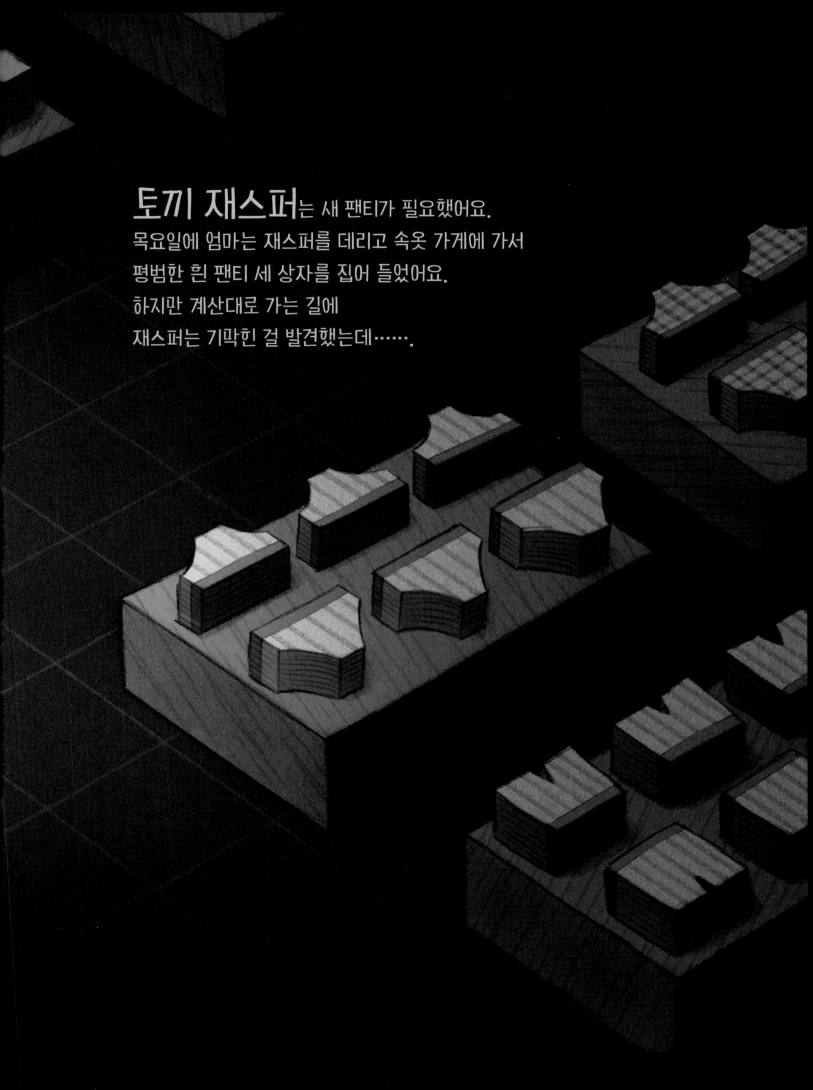

토끼 재스퍼는 새 팬티가 필요했어요.
목요일에 엄마는 재스퍼를 데리고 속옷 가게에 가서
평범한 흰 팬티 세 상자를 집어 들었어요.
하지만 계산대로 가는 길에
재스퍼는 기막힌 걸 발견했는데…….

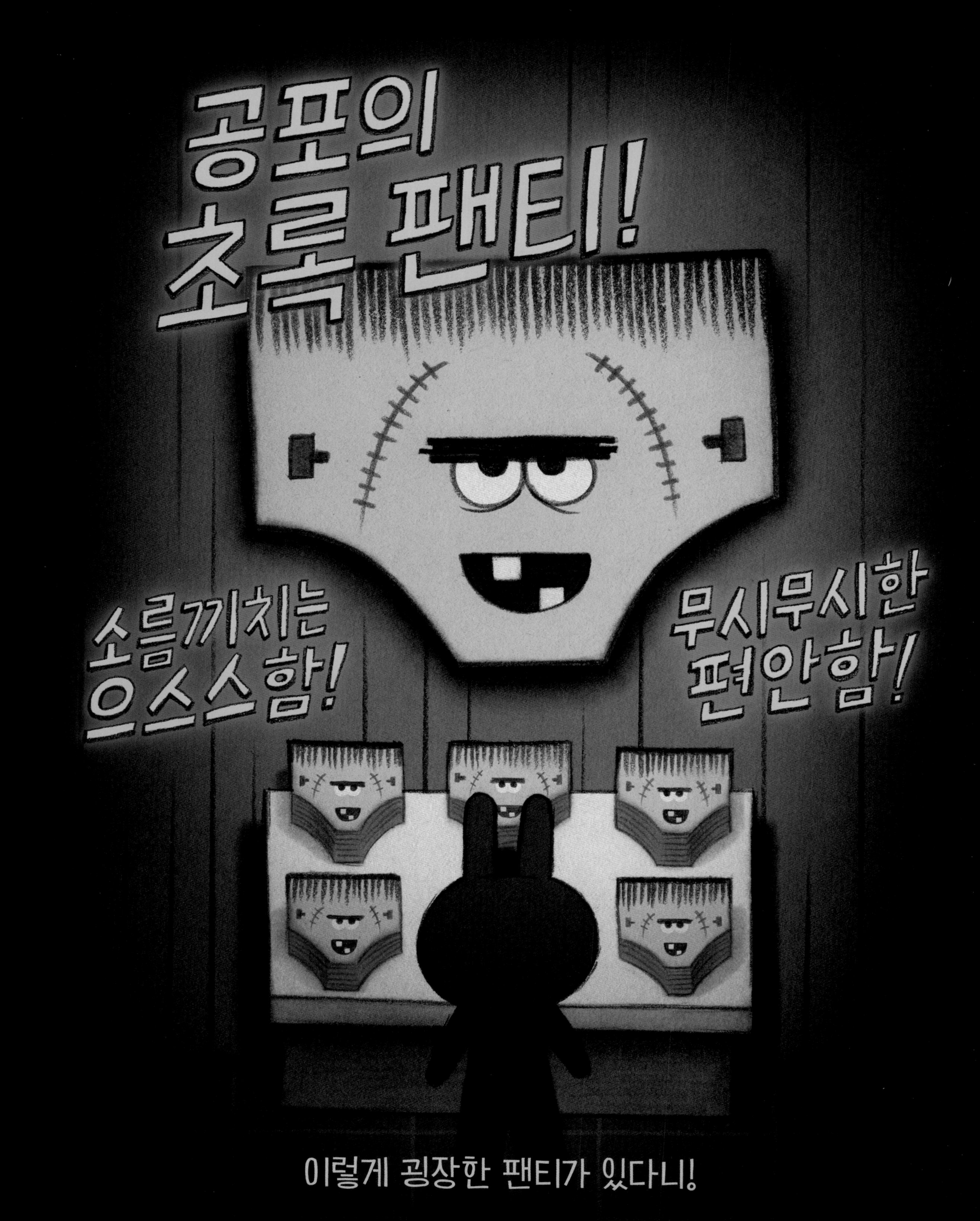

이렇게 굉장한 팬티가 있다니!

"엄마, 엄마! 저거 사 주시면 안 돼요?"
재스퍼가 엄마를 졸랐어요.

"글쎄, 좀 으스스해 보이지 않니?"
엄마가 말했어요.

"저건 으스스한 게 아니에요!
멋진 거죠! 엄마, 난 이제
아가가 아니라 다 큰 토끼라고요!"
재스퍼가 말했어요.

결국 엄마도 오싹오싹 팬티 한 장을
사 주기로 하셨답니다.

그날 밤 재스퍼는 멋진 새 팬티를 입고
잠자리에 들었어요.

"복도에 불 켜 놓을까?"
아빠가 물었어요.

"아빠! 난 이제 아가가 아니라
다 큰 토끼라고요!"
재스퍼가 대답했어요.

아빠는 방문을 닫았어요.
바로 그때, 재스퍼는 뭔가를 깨달았는데…….

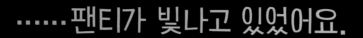······팬티가 빛나고 있었어요.

유령처럼 으스스한 초록빛으로요.

재스퍼는 두 눈을 질끈 감았어요.

이불도 뒤집어썼어요.

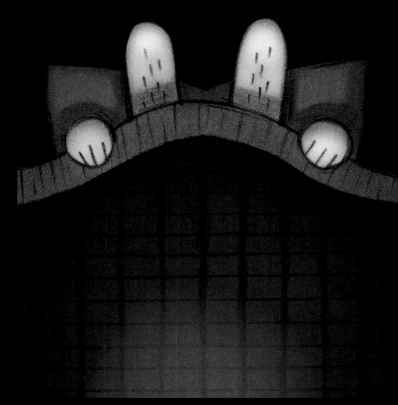

베개로 얼굴을
덮어 보기도 했어요.

하지만 아무 소용없었어요.
무슨 짓을 해도 으스스한 초록빛은
가릴 수 없었으니까요.

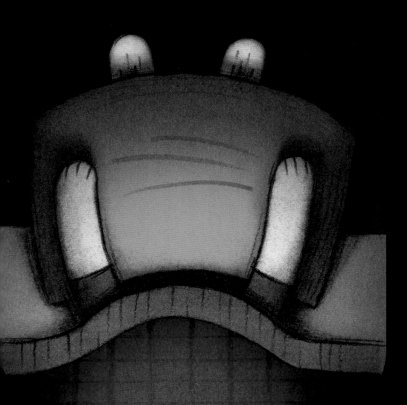

재스퍼는 침대에서
벌떡 일어나 평범한
흰 팬티로 갈아입었어요.
오싹오싹 팬티는
세탁 바구니 맨 아래에
쑤셔 넣어 버렸죠.

마침내 재스퍼는 잠이 들 수 있었어요.

그런데 다음날 아침
눈을 떠 보니……

오싹오싹 팬티를
입고 있지 뭐예요!

재스퍼는 팬티를 얼른 쓰레기통에 던져 버렸어요.
재스퍼는 다 큰 토끼니까
겁이 나서 그런 건 절대 아니에요.

그냥 우싸우싸 팬티에 싫증이 났을 뿐이랍니다.

수업이 끝나고 집에서 숙제를 하다가
재스퍼는 무슨 소리를 들었어요.
끼익끼익, 벅벅 벅벅 하는 소리가
서랍장에서 흘러나오고 있었어요.

재스퍼가 조심조심 서랍을 열었더니……

팬티가 돌아와 있는 게 아니겠어요?

팬티는 으스스한 초록빛을 뿜어내면서
서랍에서 재스퍼를 빤히 올려다보았어요.

재스퍼는 잽싸게 서랍에서
오싹오싹 팬티를 낚아챘어요.

그런 다음 커다란 우편 봉투와
우표를 가져왔어요.

"잘 가, 오싹오싹 팬티야."
재스퍼는 우체통에 우편 봉투를 넣었어요.

이튿날 아침 재스퍼가 현관문을 열었더니……

팬티가 또다시 돌아와 있었어요!

그런데 저건…… 젓가락?

무슨 수를 썼는지는 알 수 없지만
오싹오싹 팬티는 중국에서 다시 돌아왔어요.
그것도 기념품까지 챙겨서 말이에요!

드디어 오싹오싹 팬티가 완전히 사라졌어요!

잠잘 시간이 되자 재스퍼는
조심조심 속옷 서랍을 열어 보았는데……

아무 일도 없었어요.
서랍 안에는 평범한 흰 팬티들만
들어 있었지요.

침대 밑도 샅샅이 살펴보았어요.

전등갓도 휘리리릭 흔들어 보았어요.

휴우! 오싹오싹 팬티는
그 어디에도 보이지
않았어요.

재스퍼는 마음이
놓여서 귀를 매만지러
화장실로 갔어요.

그런데……
팬티가 돌아와 있는 게 아니겠어요?

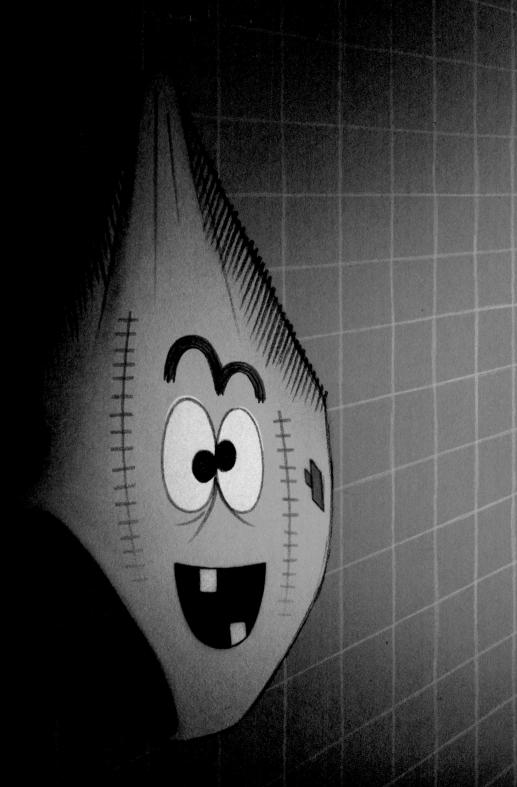

"재스퍼, 요즘 무슨 일 있니?"
엄마가 물었어요.

"아무 일도 없어요." 재스퍼가 대답했어요.
다 큰 토끼는 자기 팬티 같은 걸 무서워하지 않거든요.

재스퍼는 팬티를 움켜쥐었어요.
창고에서 삽 한 자루도 가져왔죠.
그런 다음 자전거를 타고 달렸어요.

재스퍼는 동글동글 언덕에
닿을 때까지 쉬지 않고 달렸어요.

언덕 꼭대기에서 재스퍼는
땅을 파기 시작했어요.

구멍 안이 컴컴해질
때까지 땅을 팠어요.

깊게, 더 깊게,

팬티가 다시는 얼씬도
못할 만큼 깊이 또 깊이
팠어요.

재스퍼는 그 깊은 굴에
팬티를 던져 넣었어요.

저 까마득한 바닥에서부터
빛이 새어 나왔어요.

유령처럼 으스스한
초록색 불빛이었죠.

하지만 그렇게
오래가지는 못했어요.

집으로 돌아온 재스퍼는
살금살금 서랍장으로 다가갔어요.

혹시 이 안에 있는 건 아니겠죠?
설마 그럴 리가요.

그럴죠?

재스퍼는 조심조심 손잡이를 잡았어요.

재스퍼는 살짝 안을 들여다보았어요.
아무 일도 없었어요.
평범한 흰 팬티들뿐이었어요.

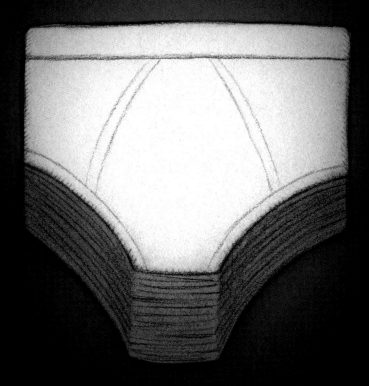

재스퍼는 씨익 미소를
지으면서 불을 껐어요.

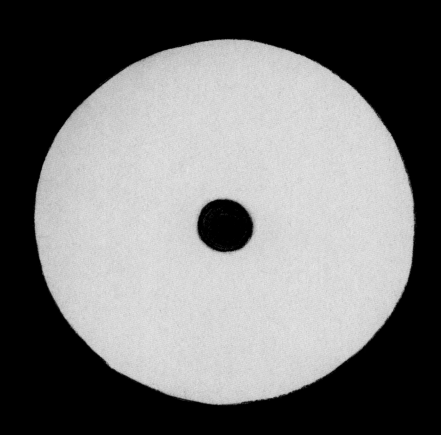

그런데 한 가지 문제가 생겼어요.
너무나 깜깜했어요.

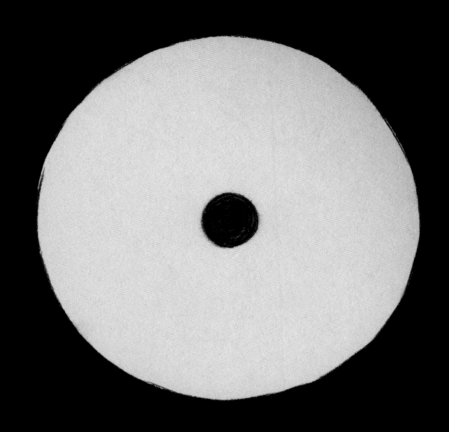

아무리 다 큰 토끼한테라도 말이에요.

재스퍼는 불을 켰어요.
아무 빛도 나지 않는 평범한 흰 팬티를 내려다보다가
재스퍼는 뭘 해야 할지 깨달았어요.

오싹오싹 팬티에는 흙이 좀 묻어 있었어요.
그래도 방 안을 은은한 초록빛으로
가득 채워 줄 수 있었어요.

이튿날, 재스퍼는 모아 둔 용돈을 들고
혼자 속옷 가게로 갔어요.

다 큰 토끼답게 말이에요.

그날 밤, 재스퍼는 조금도 무섭지 않았어요.

잠자리에 들면서 재스퍼는 혼자 미소를 지었어요.

그건 오싹오싹 팬티도 마찬가지였답니다.
드디어……

자기를 조금도 겁내지 않는 친구를 찾았으니까요.

글 에런 레이놀즈
자기 팬티를 보고 비명을 질러 본 경험은 없대요…… 적어도 지금까지는요.
칼데콧 아너상을 받은 《오싹오싹 당근》과 《육식 동물》을 비롯해서 어린이를 위해 서른 권이 넘는 책을 썼어요.

그림 피터 브라운
작가이자 그림책 화가로 《호기심 정원》 《호랑이 씨 숲으로 가다》 《선생님은 몬스터!》
《나랑 친구하자!》 같은 많은 책을 지었어요. 《오싹오싹 당근》으로 칼데콧 아너상을 수상했어요.

옮김 홍연미
《하늘에서 음식이 내린다면》 《오싹오싹 당근》 《기분을 말해 봐!》 《도서관에 간 사자》 같은
사랑스러운 책을 우리말로 옮겼어요.

———————

버지니아 주 윈체스터의 갤런드 퀼스 초등학교에 다니는 멋진 친구들,
특히 무시무시한 팬티에 관한 이야기를 만들어 달라고 했던 한 친구에게
_에런 레이놀즈

저스틴과 리지에게
_피터 브라운

———————

오싹오싹 팬티!

초판 발행 2018년 7월 2일 | 초판 6쇄 2021년 9월 20일
글 에런 레이놀즈 | 그림 피터 브라운 | 옮김 홍연미
편집 정혜원 | 디자인 권석연 | 마케팅 강백산, 강지연
펴낸이 이재일 | 펴낸곳 토토북 04034 서울시 마포구 양화로11길 18, 3층 (서교동, 원오빌딩)
전화 02-332-6255 | 팩스 02-332-6286 | 홈페이지 www.totobook.com | 전자우편 totobooks@hanmail.net
출판등록 2002년 5월 30일 제10-2394호 | ISBN 978-89-6496-367-8 77840

CREEPY PAIR OF UNDERWEAR!
by Aaron Reynolds, illustrated by Peter Brown

———————

제품명: 오싹오싹 팬티! | 제조자명: 토토북 | 제조 국명: 대한민국 | 전화: 02-332-6255
·인증 유형: 공급자 적합성 확인 | 사용 연령: 4세 이상 | 주소: 서울시 마포구 양화로 11길 18, 3층(서교동, 원오빌딩) | 제조년월: 2021년 9월 20일
KC마크는 이 제품이 공통안전기준에 적합하였음을 의미합니다.
⚠ 주의 아이들이 책의 모서리에 다치지 않게 주의하세요.